LA CASA
DE LOS ESPÍRITUS

LA CASA
DE LOS ESPÍRITUS

EDWARD BULWER LYTTON

PLAZA
EDITORIAL

Título: La casa de los espíritus
Autor: Edward Bulwer Lytton
Editorial: Plaza Editorial, Inc.
email: plazaeditorial@email.com
© Plaza Editorial, Inc.

ISBN-13: 978-1482350685
ISBN-10: 1482350688

PLAZA
EDITORIAL

www.plazaeditorial.com
Made in USA, 2013

Uno de mis amigos, hombre de letras y filósofo, me decía un día, medio en broma, medio en serio:

—Imagine usted, querido amigo, que he descubierto una casa frecuentada, en pleno centro de Londres.

—¿Realmente frecuentada? ¿Y por quién? ¿Por fantasmas?

—No puedo responder a esta pregunta. Esto es todo lo que yo sé: hace seis semanas, mi mujer y yo, íbamos a la búsqueda de un apartamento amueblado. Al pasar por una calle tranquila, vimos en la ventana de una casa un cartel: Apartamento amueblado. El lugar nos convenía. Entramos en la casa. Nos gustó.

Alquilamos el apartamento por semanas y... lo abandonamos al cabo de tres días. Nada en el mundo habría podido obligar a mi mujer a permanecer allí por más tiempo. Y debo decir que no me sorprendo de ello.

—Pues ¿qué vieron?

—Le ruego me perdone. No tengo ningún deseo de pasar por un soñador supersticioso. Tampoco querría, por otra parte, hacerle admitir, ante mi única afirmación, lo que usted no podría creer sin el control de sus propios sentidos. Déjeme decirle que no es tanto lo que hemos visto y oído (pues podría usted creernos víctimas de nuestra imaginación, o de una impostura) lo que nos hizo salir de allí, como el indefinible terror que se apoderaba de nosotros cada vez que pasábamos por delante de la puerta de una habitación vacía, en la cual, por otra parte, jamás habíamos visto ni oído nada. Y lo más extraño, es que por primera vez en mi vida, estuve de acuerdo con mi mujer —necia mujer, por otra parte— y le concedí que después de tres noches de permanecer allí, no era posible permanecer ni una más. La cuarta mañana, pues, llamé a la mujer que guardaba la casa y nos servía, le dije que las habitaciones no eran de nuestro agrado, y que no queríamos finalizar la semana. Ella respondió secamente:

—Ya sé por qué; ustedes, sin embargo, se han quedado más tiempo que ningún otro inquilino. Son pocos los que han permanecido dos noches. Y ni uno ha quedado a la tercera. Sin embargo, creo que han sido muy amables con ustedes.

—Ellos... ¿quiénes? —pregunté yo, simulando una sonrisa.

—¡Oh, pues... los que frecuentan la casa, sean quienes fueren! Yo no me preocupo. Los recuerdo hace muchos años, cuando yo vivía en la casa, pero entonces no como criada. Sé que un día causarán mi muerte. Pero no me inquieto mucho pues soy vieja, y de todos modos moriría pronto. Y entonces, seguiré con ellos en la casa.

La mujer hablaba con una tranquilidad tan aterradora, que realmente fue una especie de temor lo que me impidió seguir la conversación. Pagué el alquiler de la semana, y mi mujer y yo nos sentimos muy afortunados al poder irnos tan pronto.

—Me intriga usted —dije—, y nada me gustaría tanto como dormir en una casa frecuentada. Deme la dirección, se lo ruego, de la casa que ha abandonado tan vergonzosamente.

Mi amigo me dio la dirección, y cuando nos separamos, me dirigí directamente a la casa indicada.

Está situada en el lado norte de Oxford Street, en un lugar triste y respetable. Encontré la casa cerrada, sin ningún cartel en la ventana, y nadie me respondió cuando llamé. Cuando iba a regresar, un muchacho que recogía botes de estaño por los alrededores, me dijo:

—¿Desea usted algo de esta casa, caballero?

—Sí, he oído decir que estaba vacía.

—¡Déjelo! La mujer que la guardaba murió hace tres semanas, y nadie quiere vivir allí aunque Mr. J... ofrezca mucho. Le ha ofrecido a mi madre que trabajaba en su casa durante el día una libra a la semana para abrir y cerrar las ventanas, y ella ha rechazado su oferta.

—¿La ha rechazado? ¿Por qué?

—La casa está encantada, y la mujer que vivía aquí, fue encontrada muerta en su cama, con los ojos desmesuradamente abiertos. Dicen que el diablo la estranguló...

—¡Bah... 1 habla de Mr. J.... ¿Es el propietario?

—Sí.

—¿Dónde vive?

—En G... Street, núm...

—¿Qué hace? ¿Qué negocios tiene?

—Nada, caballero, nada especial... un simple particular.

Di al muchacho la propina que merecía su información, y me fui a ver a Mr. J..., G... Street, cuya calle se encontraba en el extremo de la que desembocaba en la casa encantada. Fui lo bastante afortunado como para encontrarle en su casa. Era un hombre de edad, de aspecto inteligente y maneras corteses.

Le dije mi nombre, y le expliqué francamente el asunto. Le dije haberme enterado de que la casa estaba encantada, que tenía, muchos deseos de ver de cerca una casa que gozara de una reputación tan equívoca, y que le estaría muy obligado si quisiera permitirme alquilarla, aunque no fuera más que por una noche. Estaba dispuesto a pagar este favor al precio que él quisiera.

—Caballero, —me dijo Mr. J... con gran cortesía—, la casa está a su disposición por todo el tiempo que desee. El precio está fuera de discusión. Todas las ventajas serán para mí, si usted consigue descubrir la causa de los extraños fenómenos que la privan actualmente dé todo valor. No puedo alquilarla, pues me resulta imposible poner a una sirvienta para mantener el orden y abrir la puerta. Desgraciadamente, está encantada —me permito expresarme así— no solamente de noche, sino también de día. No obstante, por la noche, los fenómenos son más desagradables, y a veces de un carácter netamente alarmante. La pobre vieja que murió allí hace tres semanas, era una mendiga que habla retirado de una «casa de trabajo», porque en su infancia había sido conocida por alguno de mi familia, y otro tiempo había estado a punto de alquilar la casa de mi tío. Era una mujer de una educación superior, y de espíritu sólido, la única, además, a quien pude convencer de que viviera en la casa. De hecho, desde su muerte repentina, y después de la encuesta del coronel que le dio una notoriedad en el vecindario, he acabado por desesperar de encontrar a alguien que la ocupe, y menos aún un inquilino, y la he retirado voluntariamente del alquiler durante un año, hasta que alguien pagara el interés y las cargas.

—¿Cuánto tiempo hace que esta casa tiene un renombre tan siniestro?

—Difícilmente podría decírselo, pero hace ya varios años. La vieja de la que le he hablado, decía que estaba ya encantada cuando ella la alquiló, hace de esto treinta o cuarenta años. El hecho es que yo he pasado toda mi vida en las Indias, al servicio de la Compañía. Volví a Inglaterra el año pasado para heredar la fortuna de uno de mis tíos, y entre otras cosas, estaba esta casa. La encontré cerrada y vacía. Tenía la reputación de estar encantada, y nadie quería vivir en ella. Yo me reía de esta historia que suponía vana. Gasté algún dinero en reparar la mansión, añadiendo a su mobiliario antiguo algunos objetos modernos, la puse en alquiler y la contraté por un año. El inquilino era un coronel de media paga. Llegó con su familia, una hija y un hijo y cuatro o cinco criados. Todos abandonaron la casa al día siguiente. Y aunque cada uno declaró haber visto una cosa distinta de los demás, lo que todos habían visto era igualmente aterrador. No podía, en conciencia, perseguir ni atacar al coronel por ruptura de contrato. Entonces alojé a la mujer de la que le he hablado, dándole permiso para alquilar la mansión. No he tenido jamás ni un solo inquilino que se haya quedado más de tres días. No le repetiré sus historias, pues los mismos fenómenos no se han repetido jamás dos veces. Vale, más que juzgue por usted mismo, y en vez de entrar en la casa con ideas preconcebidas, esté preparado únicamente a ver o a oír algo anormal y adopte todas las precauciones que le apetezcan.

—Sí. Pasé en ella, no solamente una noche, sino tres horas a plena luz. Mi curiosidad no quedó satisfecha, sino enfriada. No tengo deseo alguno de renovar la experiencia. No puede achacarme, caballero, que no sea lo suficientemente franco. A menos que su interés no esté excitado en alto grado, y sus nervios extremadamente templados, añadiré honradamente que le aconsejo que no pase ni una noche en esta casa.

—Mi interés está sumamente excitado —repliqué—, y aunque sólo un cobarde se atreve a presumir de sus nervios en situaciones totalmente extrañas y fuera de lo corriente, los míos han estado de tal modo habituados a toda clase de peligros, que tengo derecho a contar con ellos, incluso en una casa encantada.

Mr. J... no añadió nada. Tomó de su escritorio las llaves de la casa, me las dio y, tras agradecerle cordialmente su franqueza y su amabilidad, me llevé mi trofeo.

Una vez en mi casa, impaciente por hacer la experiencia, llamé a mi hombre de confianza, un joven de espíritu alegre, de temperamento poco temeroso y tan desprovisto de prejuicios supersticiosos como el que más.

—F... —dije—, ¿recuerdas en Alemania, cuán decepcionados estuvimos al no encontrar fantasmas en aquel viejo castillo que decían que estaba encantado por una aparición sin cabeza? ¡Pues bien!, he oído hablar de una casa en Londres que, tengo razones para creerlo, está realmente encantada. Tengo la intención de ir a pasar la noche allí. Por lo que me han dicho, no hay duda que hay que ver y oír cosas horribles. Si te llevo con migo, ¿puedo contar con tu presencia de espíritu suceda lo que suceda?

—¡Oh!, señor, tenga confianza en mí, se lo ruego, —respondió F..., haciendo una mueca de placer.

—Muy bien; aquí están las llaves de la casa, y aquí la dirección. Ve, escógeme una buena habitación, y puesto que el lugar está deshabitado desde hace varias semanas, enciende un buen fuego, airea las habitaciones y asegúrate de que hay candelabros y combustible. Toma mi revólver y mi daga, y ármate tú también así, y si no estamos equipados contra una docena de fantasmas, somos una mala pareja de ingleses.

Tenía que resolver el resto del día, asuntos tan urgentes, que no volví a tener tiempo de pensar en la aventura nocturna en la que había comprometido mi honor. Cené solo y muy tarde, y leí mientras comía, según mi costumbre. Escogí uno de los volúmenes de ensayos de Macaulay. Me dije que me llevaría el libro conmigo. Había en aquel volumen tanta vida y tanta realidad, que me serviría de antídoto contra las influencias perniciosas de la superstición.

Me lo puse en el bolsillo y, hacia las nueve y media, me dirigí tranquilamente hacia la casa encantada. Llevaba conmigo uno de mis perros favoritos, un bull extremadamente vivo, atrevido y vigilante, al que le gustaba merodear por los rincones oscuros y los pasajes misteriosos, en busca de ratas; es decir el perro por excelencia, para la caza de los fantasmas.

Era una noche de verano, pero fresca, con un cielo oscuro y cubierto. Había claro de luna, una luna débil y sin brillo, pero era la luna al menos, y si las nubes lo permitían, después de medianoche el cielo se aclararía.

Llegué a la casa, llamé, y mi criado acudió a abrirme con una alegre sonrisa.

—Todo perfecto, señor, y muy agradable. —¡Oh! —dije yo, un poco contrariado—. ¿No has visto ni oído nada extraño?

—Oh, sí, tengo que confesar que he oído algo extraño.

—¿Qué?

—Unos pasos detrás de mí, y una vez o dos un ruido muy ligero, como un suspiro muy cerca de mi oído, nada más.

—No pareces asustado.

—¡No lo estoy en absoluto, señor¡ Y la mirada valerosa del buen hombre, me aseguró al menos una cosa, y es que sucediera lo que fuese, no me abandonarla.

Estábamos en el vestíbulo, con la puerta de entrada cerrada, y mi atención se había apartado de mi perro. Había avanzado primero de bastante buen grado, pero se arrastraba ahora cerca de la puerta, gimoteando por salir. Cuando le hube acariciado la cabeza, y le hube animado, pareció reconciliarse con la situación y nos siguió a F... y a mí a través de la casa, sin separarse ni una pulgada de mi lado, en lugar de aventurarse hacia delante, como tenía por costumbre hacer en todos los lugares extraños.

Visitamos primero los sótanos, la cocina y las demás dependencias, especialmente las bodegas, donde descubrimos algunas botellas de vino cubiertas de telas de araña, y que, según todas las apariencias, no habían sido tocadas desde hacía años. Estaba claro que los espíritus no eran aficionados a la botella. No descubrimos ninguna otra cosa que fuera interesante. Había un siniestro patio rodeado de elevadas paredes cuyas piedras estaban húmedas, y en donde, gracias a la humedad por una parte, y por otra parte al polvo y al hollín, nuestros pies dejaban al pasar, huellas cenagosas. Allí apareció el primer fenómeno extraño, del que fui testigo en aquélla extraña mansión. Vi delante de mí, formarse en el mismo momento la huella de un pie, como si el pie estuviera allí. Me detuve, llamé a mi criado, y le mostré la cosa. Delante de aquella huella se dibujó inmediatamente otra. La vimos los dos. Avancé rápidamente hacia aquel lugar, y la huella avanzó, delante de mí; era una huella pequeña, como la de un niño. La impresión era demasiado débil para que pudiera distinguirse claramente su forma, pero a los dos nos pareció que debía ser la de un pie desnudo.

Este fenómeno cesó, cuando llegamos a la pared opuesta, y no se produjo a la vuelta. Subimos las escaleras, y entramos en las habitaciones de la planta bija, un comedor, un saloncito, y una tercera habitación más pequeña aún, que aparentemente había estado destinada a algún criado, las tres silenciosas como la muerte. Visitamos los salones que nos parecieron decorados recientemente y muy nuevos. En la habitación que daba a la fachada, me senté en un sillón. F... dejó sobre la mesa el candelabro que nos había iluminado. Le dije que cerrara la ventana. Cuando se volvía para hacerlo, una silla, abandonó silenciosa y rápidamente la pared de enfrente, y se paró delante de mí, a un metro aproximadamente de mi sillón.

—¡Vaya! —dije riendo a medias—, esto es mejor que las mesas giratorias.

Mientras yo reía, mi perro volvió la cabeza y se puso a aullar.

F... no había visto el movimiento de la silla. En aquel momento trataba de tranquilizar al perro. Yo seguía observando la silla e imaginé ver entonces una figura humana, de un azul pálido vaporoso pero de un contorno tan impreciso, que difícilmente podía dar crédito a mis sentidos. El perro estaba tranquilo.

—Toma esta silla que está delante de mí, y vuélvela a poner junto a la pared —le dije a F...

F... obedeció.

—¿Ha sido usted, señor? —preguntó, volviéndose bruscamente.

—¿Yo? ¿El qué?

—Algo me ha tocado. Lo he notado claramente en el hombro... justamente aquí, mire

—No —dije yo—. Pero tenemos aquí, a algún bromista y, aunque no podamos descubrir sus artificios, les prenderemos, antes de que logren asustarnos.

No nos quedamos por más tiempo en los salones; de hecho, eran tan húmedos y tan lúgubres que prefería subir a las habitaciones donde había fuego encendido. Cerramos las puertas con cerrojo, precaución que habíamos tomado en todas las habitaciones que habíamos explorado en la planta baja.

La habitación que mi criado había escogido para mí, era la mejor del piso, grande, con dos ventanas a la calle. La cama de pilares, que ocupaba un gran espacio, estaba colocada delante del fuego, claro y brillante; una puerta en la pared izquierda, entre la cama y la ventana, comunicaba esta habitación con la que mi criado se había reservado para sí. Era ésta una pequeña habitación amueblada con un diván y no comunicaba con el rellano por ninguna otra puerta, más que por la que se abría a la habitación que yo ocupaba. A cada lado del hogar, había dos armarios sin cerradura formando cuerpo con el muro, y recubiertos del mismo papel de un castaño deslucido. Examinamos las estanterías. Encontramos solamente cintas de vestidos femeninos, nada más, tanteamos los tabiques, evidentemente sólidos, y las paredes exteriores del edificio.

Habiendo terminado la inspección de aquellos aposentos, tras haberme calentado unos instantes, y encendido mi cigarro, emprendí, acompañado de F..., nuevas investigaciones. Sobre el rellano aparecía otra puerta. Estaba cerrada con doble llave.

—Señor —exclamó mi criado, sorprendido—, he abierto esta puerta al mismo tiempo que las otras cuando vine antes. No ha podido ser cerrada por el interior, porque...

Antes de que hubiera acabado la frase, la puerta, que ninguno de nosotros había tocado, se abrió tranquilamente por sí misma. Nos 'miramos un instante. El mismo pensamiento nos acudió a la mente. Alguna intervención humana, podía al fin ser descubierta. Me interné en la habitación, seguido de mi criado; una triste y pequeña habitación blanca, sin muebles, con algunas cajas vacías y cestos en un rincón, y una pequeña ventana cuyos postigos estaban cerrados; no había chimenea, y ninguna otra puerta además de la que habíamos usado para entrar; no había alfombra en el suelo, el parquet parecía muy viejo, desigual, remendado en algunos lugares según se veía por las planchas claras, pero ni un ser viviente, ni un lugar visible donde alguien hubiera podido ocultarse. Cuando inspeccionábamos con mayor detenimiento el lugar, la puerta que nos había dejado paso, se cerró con tanta tranquilidad como se había abierto. Estábamos cogidos.

En el primer momento, me sentí invadido de un indecible horror. No fue así con F...

—Dios mío, no crea que estamos cogidos en la trampa, señor. De una patada, podría reducir esta hipócrita puerta a astillas.

—Prueba primero si puedes abrirla con las manos —dije yo, desembarazándome de mi aprensión—, mientras yo abro las ventanas y miro al exterior.

Quité los seguros de los postigos; la ventana se abría al patio que he descrito ya; no había ningún saliente visible, que cortara el corte a pico de la pared. El que bajara por aquella ventana, no se detendría antes de caer en las piedras del patio.

F.... entre tanto, había tratado vanamente de abrir la puerta. Daba vueltas a mí alrededor, y me pidió permiso para emplear la fuerza. Y debo reconocer con toda justicia, que lejos de despertarse en él terrores supersticiosos, la tranquilidad de sus nervios y su alegría inquebrantable en circunstancias tan extrañas, excitaron mi admiración, y tuve, que felicitarme por tener un compañero tan bien adaptado a todas las situaciones.

Le di, contento, el permiso que pedía. Pero aunque era un hombre de una fuerza poco común, su fuerza fue tan inútil como su empeño. La puerta permaneció inquebrantable, a pesar de los vigorosos golpes. Jadeante y palpitando, se detuvo. Me encarnice a mi vez con a puerta, pero en vano. Cuando abandoné, la sensación de horror me anegó nuevamente, pero ahora era un horror más frío y más obsesionante. Experimentaba como si una extraña y terrible exhalación se desprendiera de las hendiduras de aquel rugoso parquet, y llenara la atmósfera de una perniciosa influencia hostil a la vida humana. La puerta ahora se estaba abriendo otra vez, tranquilamente, como por su propia voluntad. Nos precipitamos al rellano. Vimos los dos una enorme luz pálida, que se movía delante de nosotros, y subía las escaleras desde el rellano hacia las azoteas.

Yo seguí al resplandor, y mi criado me siguió a mí. La luz entró a la derecha del rellano, en un granero cuya puerta estaba abierta. Yo entré al mismo tiempo. La luz se condensó en un minúsculo glóbulo excesivamente vivo y brillante; se inmovilizó un instante sobre una cama, en un rincón, luego se puso a temblar y desapareció. Nos acercamos a la cama y la examinamos; era una cama de dosel como se encuentran en los graneros reservados a los criados. Sobre la cómoda que había al lado, descubrirnos un viejo chal de seda muy estropeado, con una aguja olvidada en un desgarrón a medio coser.

El chal estaba cubierto de polvo, probablemente había pertenecido a la vieja que había muerto hacía poco en la casa, y aquella podía ser su habitación. Tuve la curiosidad de abrir los cajones; en ellos hablan viejos restos de ropas de mujer, y dos cartas atadas por una estrecha cinta de seda, de un amarillo endeble. Me tomé la libertad de apoderarme de las cartas. No encontramos en la habitación ninguna otra cosa digna de interés y la luz no volvió a aparecer. Pero oírnos claramente, cuando nos disponíamos a salir, un ruido de pasos sobre el suelo, justamente delante de nosotros. Recorrimos las otras buhardillas, y los pases nos precedieron. No había nada que ver, sólo el ruido de pasos. Tenía las cartas en la mano. Cuando bajábamos las escaleras, noté claramente que algo rozaba mi muñeca y advertí como un ligero esfuerzo para quitarme las cartas. No hice otra cosa sino apretarlas y el esfuerzo cesó. Volvimos a la habitación, y entonces me di cuenta de que mi perro no nos había seguido. Estaba acurrucado junto al fuego, y temblaba. Yo estaba impaciente por examinar las cartas, y mientras leía, mi criado abrió una cajita donde había dejado las armas que yo le había ordenado que llevara. Las cogió, las dejó sobre la mesita a la cabecera de mi cama, y se puso a apaciguar al perro, que pareció no ocuparse demasiado de sus cuidados.

Las cartas eran breves, y llevaban fecha de treinta y cinco años antes. Eran evidentemente las cartas de un amante a su amante, o de un marido a su joven esposa. No solamente los términos, sino las alusiones a un precedente viaje, indicaban que su autor había sido marino. La ortografía y la escritura eran las de un hombre poco letrado, y el mismo lenguaje era violento. En los términos de ternura, se expresaba un rudo y salvaje amor; pero aquí y allá aparecían ininteligibles alusiones a un secreto, no un secreto de amor, sino algo parecido a un crimen.

«Debemos amarnos», es una de las frases que recuerdo, «Porque todos nos detestarían si supieran... »

Y luego: «No dejes que nadie duerma en la misma habitación que tú, pues hablas, mientras duermes».

Y de nuevo: «Lo que está hecho, hecho está. Y te repito que nada puede prevalecer contra nosotros, a menos que los muertos vuelvan a la vida». —No —dije yo—. Pero tenemos aquí, a algún bromista y, aunque no podamos descubrir sus artificios, les prenderemos, antes de que logren asustarnos.

No nos quedamos por más tiempo en los salones; de hecho, eran tan húmedos y tan lúgubres que prefería subir a las habitaciones donde había fuego encendido. Cerramos las puertas con cerrojo, precaución que habíamos tomado en todas las habitaciones que habíamos explorado en la planta baja.

La habitación que mi criado había escogido para mí, era la mejor del piso, grande, con dos ventanas a la calle. La cama de pilares, que ocupaba un gran espacio, estaba colocada delante del fuego, claro y brillante; una puerta en la pared izquierda, entre la cama y la ventana, comunicaba esta habitación con la que mi criado se había reservado para sí. Era ésta una pequeña habitación amueblada con un diván y no comunicaba con el rellano por ninguna otra puerta, más que por la que se abría a la habitación que yo ocupaba. A cada lado del hogar, había dos armarios sin cerradura formando cuerpo con el muro, y recubiertos del mismo papel de un castaño deslucido. Examinamos las estanterías. Encontramos solamente cintas de vestidos femeninos, nada más, tanteamos los tabiques, evidentemente sólidos, y las paredes exteriores del edificio.

Habiendo terminado la inspección de aquellos aposentos, tras haberme calentado unos instantes, y encendido mi cigarro, emprendí, acompañado de F..., nuevas investigaciones. Sobre el rellano aparecía otra puerta. Estaba cerrada con doble llave.

—Señor —exclamó mi criado, sorprendido—, he abierto esta puerta al mismo tiempo que las otras cuando vine antes. No ha podido ser cerrada por el interior, porque...

Antes de que hubiera acabado la frase, la puerta, que ninguno de nosotros había tocado, se abrió tranquilamente por sí misma. Nos 'miramos un instante. El mismo pensamiento nos acudió a la mente. Alguna intervención humana, podía al fin ser descubierta. Me interné en la habitación, seguido de mi criado; una triste y pequeña habitación blanca, sin muebles, con algunas cajas vacías y cestos en un rincón, y una pequeña ventana cuyos postigos estaban cerrados; no había chimenea, y ninguna otra puerta además de la que habíamos usado para entrar; no había alfombra en el suelo, el parquet parecía muy viejo, desigual, remendado en algunos lugares según se veía por las planchas claras, pero ni un ser viviente, ni un lugar visible donde alguien hubiera podido ocultarse. Cuando inspeccionábamos con mayor detenimiento el lugar, la puerta que nos había dejado paso, se cerró con tanta tranquilidad como se había abierto. Estábamos cogidos.

En el primer momento, me sentí invadido de un indecible horror. No fue así con F...

—Dios mío, no crea que estamos cogidos en la trampa, señor. De una patada, podría reducir esta hipócrita puerta a astillas.

—Prueba primero si puedes abrirla con las manos —dije yo, desembarazándome de mi aprensión—, mientras yo abro las ventanas y miro al exterior.

Quité los seguros de los postigos; la ventana se abría al patio que he descrito ya; no había ningún saliente visible, que cortara el corte a pico de la pared. El que bajara por aquella ventana, no se detendría antes de caer en las piedras del patio.

F.... entre tanto, había tratado vanamente de abrir la puerta. Daba vueltas a mí alrededor, y me pidió permiso para emplear la fuerza. Y debo reconocer con toda justicia, que lejos de despertarse en él terrores supersticiosos, la tranquilidad de sus nervios y su alegría inquebrantable en circunstancias tan extrañas, excitaron mi admiración, y tuve, que felicitarme por tener un compañero tan bien adaptado a todas las situaciones.

Le di, contento, el permiso que pedía. Pero aunque era un hombre de una fuerza poco común, su fuerza fue tan inútil como su empeño. La puerta permaneció inquebrantable, a pesar de los vigorosos golpes. Jadeante y palpitando, se detuvo. Me encarnice a mi vez con a puerta, pero en vano. Cuando abandoné, la sensación de horror me anegó nuevamente, pero ahora era un horror más frío y más obsesionante. Experimentaba como si una extraña y terrible exhalación se desprendiera de las hendiduras de aquel rugoso parquet, y llenara la atmósfera de una perniciosa influencia hostil a la vida humana. La puerta ahora se estaba abriendo otra vez, tranquilamente, como por su propia voluntad. Nos precipitamos al rellano. Vimos los dos una enorme luz pálida, que se movía delante de nosotros, y subía las escaleras desde el rellano hacia las azoteas.

Yo seguí al resplandor, y mi criado me siguió a mí. La luz entró a la derecha del rellano, en un granero cuya puerta estaba abierta. Yo entré al mismo tiempo. La luz se condensó en un minúsculo glóbulo excesivamente vivo y brillante; se inmovilizó un instante sobre una cama, en un rincón, luego se puso a temblar y desapareció. Nos acercamos a la cama y la examinamos; era una cama de dosel como se encuentran en los graneros reservados a los criados. Sobre la cómoda que había al lado, descubrimos un viejo chal de seda muy estropeado, con una aguja olvidada en un desgarrón a medio coser.

El chal estaba cubierto de polvo, probablemente había pertenecido a la vieja que había muerto hacía poco en la casa, y aquella podía ser su habitación. Tuve la curiosidad de abrir los cajones; en ellos habían viejos restos de ropas de mujer, y dos cartas atadas por una estrecha cinta de seda, de un amarillo endeble. Me tomé la libertad de apoderarme de las cartas. No encontramos en la habitación ninguna otra cosa digna de interés y la luz no volvió a aparecer. Pero oírnos claramente, cuando nos disponíamos a salir, un ruido de pasos sobre el suelo, justamente delante de nosotros. Recorrimos las otras buhardillas, y los pases nos precedieron. No había nada que ver, sólo el ruido de pasos. Tenía las cartas en la mano. Cuando bajábamos las escaleras, noté claramente que algo rozaba mi muñeca y advertí como un ligero esfuerzo para quitarme las cartas. No hice otra cosa sino apretarlas y el esfuerzo cesó. Volvimos a la habitación, y entonces me di cuenta de que mi perro no nos había seguido. Estaba acurrucado junto al fuego, y temblaba. Yo estaba impaciente por examinar las cartas, y mientras leía, mi criado abrió una cajita donde había dejado las armas que yo le había ordenado que llevara. Las cogió, las dejó sobre la mesita a la cabecera de mi cama, y se puso a apaciguar al perro, que pareció no ocuparse demasiado de sus cuidados.

Las cartas eran breves, y llevaban fecha de treinta y cinco años antes. Eran evidentemente las cartas de un amante a su amante, o de un marido a su joven esposa. No solamente los términos, sino las alusiones a un precedente viaje, indicaban que su autor había sido marino. La ortografía y la escritura eran las de un hombre poco letrado, y el mismo lenguaje era violento. En los términos de ternura, se expresaba un rudo y salvaje amor; pero aquí y allá aparecían ininteligibles alusiones a un secreto, no un secreto de amor, sino algo parecido a un crimen.

«Debemos amarnos», es una de las frases que recuerdo, «Porque todos nos detestarían si supieran...»

Y luego: «No dejes que nadie duerma en la misma habitación que tú, pues hablas, mientras duermes».

Y de nuevo: «Lo que está hecho, hecho está. Y te repito que nada puede prevalecer contra nosotros, a menos que los muertos vuelvan a la vida».

Aquí había una frase subrayada, mejor escrita, que parecía trazada por una mano de mujer. Y lo hacen. Al final de la carta más reciente, la misma mano femenina había trazado estas palabras: «perdido en el mar el 4 de junio, el mismo día que ... »

Dejé las cartas, y me puse a reflexionar sobre su contenido. Temiendo, sin embargo, que este tipo de pensamientos me indispusiera mi sistema nervioso y determinado a mantener mi espíritu en buen estado, en perspectiva de todo lo que aquella noche podía aún ofrecerme de maravilloso, me levanté, dejé las cartas sobre la mesa, aticé el fuego aún brillante y alegre, y abrí mi volumen de Macaulay. Leí tranquilamente hasta las once y media. Me eché entonces completamente vestido, en la cama, y permití a mi criado que se retirara a su habitación, recomendándole, no obstante, que se mantuviera despierto. Le rogué igualmente que dejara abierta la puerta entre nuestras habitaciones y, solo al fin, puse dos candelabros sobre la mesilla de noche. Dejé mi reloj al lado de las armas y cogí de nuevo el Macaulay. Delante de mí el fuego brillaba, y en el hogar el perro parecía dormir. Al cabo de unos veinte minutos, sentí pasar como una flecha, junto a mi mejilla, una corriente de aire excesivamente fría. Pensé que la puerta de la derecha, que comunicaba con el rellano se había abierto, pero no, seguía cerrada. Miré entonces a la izquierda y vi que las llamas de las velas estaban inclinadas por un soplo tan violento como el viento. En aquel momento, el reloj que se encontraba al lado del revólver abandonó lentamente la mesa y aunque no había ninguna mano visible, desapareció. Habiéndome armado, me puse a mirar el suelo; no había rastro del reloj. Tres golpes sordos lentos, se oyeron claramente a la cabecera de la cama. Mi criado llamó.

—¿Es usted, señor?

—No. Estate alerta.

El perro se había levantado y, sentado sobre sus cuartos traseros, sus orejas se agitaban vivamente de atrás hacia delante. Tenía los ojos fijos en mí con una mirada tan extraña, que toda mi atención estaba atraída por él. Lentamente, se levantó, con el pelo erizado, y se quedó rígido, con la mirada salvaje. Mi criado, salía de su habitación, y si he tenido jamás la ocasión de ver el horror pintado sobre algún rostro humano, fue esta vez. Si le hubiera encontrado en la calle, no hubiera podido reconocerle, tan alterado estaba su rostro. Rápidamente, pasó junto a mí, diciendo en un soplo que parecía salir apenas de sus labios:

—Deprisa, deprisa, ¡está detrás de mí! Llegó a la puerta del rellano, la abrió y se precipitó hacia abajo. Yo le seguí involuntariamente, gritándole que se detuviera. Pero sin oírme, bajaba dando tumbos por la escalera, golpeando la baranda, y saltando varios peldaños a la vez. Desde donde yo estaba, oí que abría la puerta de la calle y la cerraba detrás de sí. Estaba solo en la casa encantada.

Por un instante, permanecí indeciso, no sabiendo si seguir a mi criado. El orgullo y la curiosidad me impidieron esta huida humillante. Me reintegré a mi habitación, cerrando la puerta detrás de mí, y me dirigí prudentemente hacia el gabinete interior. No vi nada que justificara el terror de mi criado. Examiné de nuevo cuidadosamente las paredes, para ver si existía alguna puerta oculta. No encontré rastro alguno, ni una hendidura en el papel castaño del tapizado.

¿Cómo había entrado, pues, en aquella habitación, fuese lo que fuese lo que le había aterrado, sino a través de la mía? Volví a mi habitación, cerré con doble llave la puerta de comunicación y me mantuve dispuesto y atento a la menor alarma. Advertí que el perro se habla retirado a un rincón de la habitación, y se apretaba contra la pared, como si hubiera querido abrirse paso con todas sus fuerzas. Fui hacia él y le hablé. La pobre bestia estaba evidentemente aterrorizada. Mostraba los dientes, la saliva le manaba de la boca, y ciertamente me hubiera mordido si la hubiera tocado. No parecía reconocerme. Aquel que ha visto en el jardín zoológico un conejo fascinado por una serpiente, acurrucándose en un rincón, puede formarse una idea del terror que el perro parecía experimentar. Todos mis esfuerzos para apaciguarle fueron vanos, y temiendo que su mordedura fuera, en el estado en que se encontraba, tan peligrosa como la de un perro rabioso, le dejé, coloqué mis armas sobre la mesa, al lado del fuego, me senté y volví a mi Macaulay.

Con el objeto de que no parezca que trato de hacer creer al lector que me hallaba en posesión de mayor valor, o presencia de ánimo de lo que puede concebir, voy a introducir aquí, y ruego me perdonen, una o dos observaciones personales.

Como yo creo que la presencia de ánimo, o lo que se llama valor, es proporcional a la costumbre de encontrarse en circunstancias que lo reclamen, diré que yo estaba más que suficientemente familiarizado con los fenómenos maravillosos. Había encontrado casos realmente extraordinarios en diferentes partes del mundo, casos que, si tuviera que relatarlos, no serían dignos de crédito alguno, y no serían tenidos en cuenta como influencias sobrenaturales. Mi teoría es que lo sobrenatural se confunde con lo imposible y que lo que es reconocido como tal, proviene simplemente de la aplicación de leyes naturales que ignoramos. Así, pues, si un fantasma se me aparece, yo no tengo derecho a decir: «Vaya, existe lo sobrenatural», sino «Vaya, la aparición de un espíritu, contrariamente a lo que había creído hasta ahora, entra en el dominio de las leyes naturales y no de las sobrenaturales».

Así, pues, en todo lo que había visto y en todos los milagros que los aficionados de la época al misterio han relatado como hechos, había siempre una intervención humana. En el continente, se encuentran magos que afirman poder hacer salir a los espíritus. Suponiendo incluso que sean sinceros, mientras que la forma material del mago está presente, constituye el elemento esencial material, por el cual, a causa de ciertas originalidades de constitución, ciertos fenómenos extraños se manifiestan a nuestros sentidos. Admitiendo incluso los cuentos de la «Spirit Manifestation in America», tales como la producción de música u otros sonidos, la escritura sobre papel sin el concurso de una mano visible, los movimientos de objetos o muebles sin intervención humana aparente, la vista y el contacto de manos que no parecen pertenecer a cuerpo alguno, se encontrará siempre el médium, ser vivo capaz de conseguir semejantes fenómenos, a causa de ciertas particularidades en su constitución. En una palabra, en el origen de todas estas maravillas, suponiendo que no sean el resultado de una impostura, debe haber un ser semejante a nosotros, por el cual, o bajo la influencia del cual, estos efectos caen sobre nuestros sentidos.

Sucede así en el fenómeno ahora conocido con el nombre de mesmerismo o magnetismo animal, en que el espíritu de la persona tratada está influenciado por un agente material vivo. Suponiendo incluso que un paciente sometido al método de Mesmer pueda realmente cumplir la voluntad de un hipnotizador que se halla a cien millas de distancia, esta pasividad no es menos el resultado de una acción material; y es por medio de un fluido material —llámenle eléctrico, o lo que quieran— que tenga el poder de atravesar el espacio y de pasar a través de los obstáculos, que el efecto material es transmitido de uno a otro.

De ahí que todo aquello de lo que había sido testigo, y lo que esperaba ver aún en aquella extraña casa, me parecía causado por un médium tan mortal como yo mismo. Y esta idea me preservaba necesariamente del terror que habrían experimentado a través de las aventuras de esta memorable noche, aquellos que miran estos fenómenos como obra de las fuerzas sobrenaturales y no como operaciones propias de la Naturaleza.

Así pues, todo lo que se presentaba o podía aún presentarse, se me aparecía como procedente de alguien que tuviera el don natural de hacer aparecer tales cosas, y un motivo para hacerlo, y yo sacaba de mi teoría un interés más filosófico que supersticioso. Puedo decir sinceramente que estaba tan tranquilo como hubiera podido estarlo cualquier sabio en espera de los efectos de una determinada combinación química que ofreciera, sin embargo, algún peligro.

Naturalmente, cuanto más lograra tranquilizar a mi imaginación, más dispuesto estaría mi espíritu para la observación que quería hacer, por esta razón, concentraba todo mi pensamiento y todas mis miradas en el vigoroso y claro buen sentido de las páginas de Macaulay.

Vine a observar que algo se interponía entre la página y la luz, pues la página se encontraba oscurecida por una sombra. Lo que miré y vi me es difícil, por no decir imposible de describir. Era una oscuridad del ambiente, siguiendo contornos poco definidos. No puedo decir que se pareciera a un hombre, y no obstante aquello tenía más parecido con una forma humana, o más bien su sombra, que con cualquier otra cosa. Se alzaba, totalmente diferenciada del aire y de la luz, y sus dimensiones parecían enormes, pues la parte de arriba, tocaba el techo. Cuando la miraba, fui presa de una impresión de frío intenso. Si un iceberg se hubiera encontrado delante de mí, no me habría congelado más, y, por otra parte, el frío que emanara de un iceberg hubiera sido puramente físico. Estoy convencido de que aquel frío no era causado por el miedo. Seguía mirando y creo —aunque no puedo precisarlo— que vi dos ojos mirándome desde lo alto. Por un instante, creí verlos claramente, y al instante siguiente, parecían haber desaparecido. Pero dos rayos de una luz azul pálido atravesaron varias veces la sombra, como si cayeran del lugar donde me había parecido ver los ojos.

Traté de hablar, pero me faltó la voz. Pude solamente pensar: «¿Es esto miedo? No, no es miedo». Traté de levantarme; en vano. De hecho, mi impresión era estar sujeto por una fuerza irresistible, como un inmenso abatimiento, una impotencia total de luchar contra una fuerza superior a las fuerzas humanas como la que se debe experimentar físicamente en una tempestad en el mar, en una explosión, o ante cualquier terrible bestia feroz, como un tiburón en el océano; pero en mí era una impresión moral. Otra voluntad se oponía a la mía, era más fuerte que la mía, como el rayo, el fuego o el tiburón son superiores, en fuerza material, al hombre.

Y ahora, a medida que esta impresión se desarrollaba en mí, era presa del horror, un horror tal que ninguna palabra podría describirlo. Únicamente el orgullo, sino el valor, me contenía aún, y pensaba: «Esto es el terror y no el temor; mi razón la rechaza. Una alucinación..., no tengo miedo».

Con un violento esfuerzo, conseguí al fin tender la mano hacia el arma colocada encima de la mesa, y cuando hacía este gesto recibí en el brazo y en el hombro un golpe tal, que mi brazo cayó inerte a mi lado. Y para aumentar aún el horror de la situación, la luz de las velas empezó a declinar suavemente, no era como si se hubieran apagado, sino que la llama parecía alejarse gradualmente y así sucedía también con el fuego; la luz se retiraba de los carbones; en algunos minutos, la habitación quedó sumida en la oscuridad.

La angustia que me cogió al sentirme en aquella habitación oscura, con aquella cosa oscura cuyo poder se hacía sentir tan intensamente, me produjo una reacción nerviosa.

De hecho, mi terror había alcanzado un grado tal que mis sentidos me abandonaron, y rompí el encanto. Lo rompí, efectivamente, pues encontré mi voz, pero esa voz era un grito penetrante. Recuerdo que aullé, estas palabras: «No tengo miedo, mi alma no teme nada», y en el mismo instante encontré fuerzas para levantarme. Inmediatamente, en las tinieblas, me precipité hacia una de las ventanas, corrí la cortina y abrí las persianas; mi primer pensamiento fue: «¡Luz!». Y cuando vi la luna alta, clara y tranquila, sentí una alegría tal, que era capaz de compensar mi terror precedente. Era la luna, y más luz de los faroles en la calle desierta.

Me volví hacia la habitación para mirar en el interior; la luna penetró en la sombra, muy débil, pero era la luz. Como quiera que fuese, la cosa había desaparecido; sólo había una sombra ligera que parecía ser la sombra misma de la otra sobre la pared opuesta. Mis ojos se volvieron entonces hacia la mesa, una vieja mesa de caoba que no cubría tapete alguno, y de debajo de esta mesa, surgió una mano, visible únicamente hasta el puño. Era una mano aparentemente de carne y hueso como la mía, pero la mano de una persona de edad, flaca, arrugada y pequeña, una mano de mujer. Se apoderó cuidadosamente de las cartas que se encontraban sobre la mesa; luego, cartas y mano se desvanecieron. En seguida se repitieron los tres golpes sordos que había oído a la cabecera de la cama, antes de que empezara aquel drama extraordinario.

Cuando cesaron, sentí que toda la habitación vibraba sensiblemente, y al extremo de ésta se elevaron, como apareciendo del suelo, unas gotas o bolas de luz coloreada, verdes, amarillas, rojas, azules. De arriba abajo, de atrás hacia delante, aquí y allá como un ballet, las gotas empezaron a hallar, lentas o rápidas, cada una según su capricho. Una silla se había movido y se había colocado al otro lado de la mesa. Y de repente, pareció salir la forma de una mujer. Era realmente como la forma de un cuerpo, como una pálida figura de muerta. El rostro era joven, de una extraña y conmovedora belleza. La garganta y los hombros estaban descubiertos, y el resto del cuerpo envuelto en un amplio vestido de un blanco de nube.

Estaba ocupada en peinar sus largos cabellos rubios que caían sobre los hombros, sus ojos no estaban vueltos hacia mí, sino que miraban hacia la puerta. En un plano alejado, la sombra se iba haciendo más densa. Y de nuevo, creí ver en lo alto dos ojos brillantes que parecían mirar la forma de la mujer sentada. Como viniendo de la puerta, aunque ésta permaneciera cerrada, surgió otra forma, igualmente clara, igualmente espantosa, la forma de un hombre, y de un hombre joven. Llevaba el traje del siglo pasado, o una imagen de este traje, pues ambos, hombre y mujer, no eran más que sombras impalpables, fantasmas, simulacros. Y había algo grotesco aunque aterrador en el contraste entre los aderezos rebuscados de sus formas corporales, con sus puños, sus puntillas y sus rizos, y el silencio de fantasmas de éstos. Cuando el fantasma del hombre se acercaba al de la mujer, la sombra se desprendió de la pared y los tres quedaron inmersos un instante en la oscuridad. Cuando el pálido resplandor apareció nuevamente, los dos cuerpos parecían presos en las garras de la sombra que se alzaba entre ellos; había ahora una mancha de sangre en el pecho de la mujer. El fantasma del hombre estaba empalado en su espada, y la sangre manaba rápidamente de los puños y de las puntillas; la sombra de la forma que se alzaba entre ellos los recubrió: habían desaparecido.

De nuevo, surgieron las bolas de luz y empezaron a viajar y a girar, haciéndose cada vez más numerosas y desordenadas en sus movimientos. La puerta que se encontraba a la derecha del hogar, cerrada hasta entonces, se abrió, y en el dintel apareció una mujer de edad. Tenía en sus manos las cartas, las mismas cartas sobre las que había visto cerrarse la mano. Detrás de ella, oí un paso. La mujer dio una vuelta alrededor de la habitación como para escuchar, y luego abrió las cartas y empezó a leerlas; por encima de su hombro, pude ver el rostro lívido de un ahogado, pálido e hinchado, con los cabellos llenos de algas; a sus pies, la forma de un cuerpo; al lado del cuerpo un niño acurrucado, un miserable niño, asquerosamente sucio, con un rostro hambriento y unos ojos de bestia acorralada. Cuando quise mirar el rostro de la vieja, las arrugas y los surcos desaparecieron, dando paso a una cara joven, de mirada dura y glacial, pero joven. Luego, la sombra recubrió la visión, y todo volvióse oscuro nuevamente.

Nada subsistía ya de todo aquello, más que la sombra sobre la que mis ojos se volvieron y permanecieron fijos hasta que vi aparecer de nuevo sus ojos, unos ojos malsanos de serpiente. Las pompas de luz reaparecieron también, y emprendieron su danza desordenada y turbulenta, mezclándose con los rayos de la luna. Ahora, de estas mismas partículas, nacían, como escamas de un huevo, cosas monstruosas que llenaron el aire; larvas exangües, tan repugnantes, que no puedo describirlas mejor que recordando al lector el movimiento intenso que únicamente el microscopio puede ofrecer a las miradas en una gota de agua, por ejemplo; cosas transparentes, viscosas, ágiles, persiguiéndose unas a otras, devorándose unas a otras, formas que jamás se han podido ver a simple vista.

Como sus contornos no tenían simetría, sus movimientos eran desordenados. No había ningún orden en sus evoluciones, giraban a mi alrededor, y me rodeaban cada vez más numerosas, rápidas y ligeras, apretándose encima de mi cabeza, trepando a lo largo de mi brazo derecho, que yo había alzado involuntariamente para protegerme. En ciertos instantes, me sentí tocado, pero no por ellas; eran unas manos invisibles que me tocaban. Una vez, experimenté la sensación de unos dedos suaves y fríos contra mi garganta. Tuve la impresión de que estaba en peligro, y concentré todas mis facultades en mi voluntad de defenderme y resistir. Antes que nada, aparté mi mirada de la sombra, de aquellos extraños ojos de serpiente, ahora netamente claros, porque sabía que era allí, y en ninguna otra parte a mi alrededor, donde residía la voluntad, una voluntad mala, intensa, creadora y activa, capaz de quebrar la mía.

La pálida atmósfera de la habitación, se iba haciendo roja como la atmósfera próxima a una explosión. Las repugnantes larvas seguían creciendo, y ahora parecían borbotear en un fuego. De nuevo la habitación vibró y dejó oír los tres golpes regulares; de nuevo todas las cosas cayeron en la sombra, como si fuera de ella que emanara todo, y a ella, que todo volviera.

Cuando la oscuridad cedió, la sombra había desaparecido. Solamente entonces, cuando se había alejado, volvió a encenderse la llama de las velas, y también el fuego del hogar. Toda la habitación se volvió calma, apacible, como antes de la visión. Las dos puertas se habían vuelto a cerrar, y la puerta de comunicación estaba cerrada bajo doble llave. En el rincón de la pared, donde se había acurrucado convulsamente, el perro seguía tendido. Le llamé, y no hizo ningún movimiento; me acerqué: el animal estaba muerto, con los ojos desorbitados, la lengua fuera, y la espuma en los labios. Experimenté una viva sensación de tristeza ante la pérdida de mi pobre compañero, y también un remordimiento. Me acusé de su muerte, y le creí muerto de miedo. Pero cuál no fue mi sorpresa al advertir que tenía la nuca rota. ¿Había ocurrido en la oscuridad? ¿No había requerido aquel acto la mano de un hombre como yo? ¿No había necesitado esta muerte de una influencia humana? Tenía una buena razón para creerlo. No puedo sacar deducciones, no puedo hacer otra cosa que relatar fielmente los hechos. Que el lector deduzca de ellos lo que le plazca.

Otra circunstancia sorprendente, mi reloj se encontraba de nuevo en la mesa, de dónde yo lo había visto desaparecer tan misteriosamente; pero estaba parado en el momento en que había sido, por así decirlo, raptado; y después, a pesar de toda la pericia del relojero, el hecho es que si se pone en marcha, lo hace de un modo extraño y poco corriente durante algunas horas, y se detiene luego en un punto muerto..., pero este detalle es insignificante.

No sucedió nada más durante el resto de la noche. Por otra parte, no tuve que esperar mucho la llegada del día, pero no quise dejar la casa encantada hasta que fuera día claro. Antes de irme, volví a la pequeña habitación donde mi criado y yo nos habíamos quedado emocionados. Tenía claramente la impresión —y no sé claramente por qué— de que era en aquella habitación donde se encontraba el mecanismo del fenómeno que había tenido sus efectos en la mía.

Y aunque entrase ahora, a plena luz del día, con el sol brillando a través de los cristales, sentí subir del suelo aquella misma impresión de horror que había experimentado la víspera, agravada ahora por todo lo que había sucedido en mi habitación. No pude soportar el permanecer allí más de medio minuto; bajé las escaleras, y oí otra vez con claridad unos pasos delante de mí. Cuando abrí la puerta de la calle, oí claramente una ligera risa. Volví a mi domicilio, creyendo encontrar a mi cobarde criado. Pero no había hecho aún su aparición. No supe nada más de él durante tres días, fecha en que recibí una carta procedente de Liverpool. Hela aquí.

«Señor, le pido humildemente perdón, aunque apenas puedo creer que me lo conceda, a menos que, y Dios no lo quiera, no haya visto usted lo que yo vi. Sé que necesitaré años para recobrarme. En cuanto a hallarme en estado de servir, desde luego que no. Me voy, pues, a Melbourne, a casa de mi cuñado. El barco sale mañana. Tal vez el largo viaje me hará bien. No hago más que estremecerme y temblar e imaginarme que "aquello" me persigue. Le ruego humildemente, señor, que haga enviar mis ropas y los sueldos que me debe, a mi madre, en Walworth. John sabe su dirección.»

La carta terminaba con otras excusas, un poco incoherentes y detalles explicativos concernientes a los bienes de los que él se había ocupado.

Esta defección podrá tal vez suscitar la sospecha de que el hombre tenía deseos de ir a Australia y se había aprovechado fraudulentamente de los acontecimientos de la noche. No veo nada que pueda refutar esta opinión; aún más, pienso que les parecerá a muchas personas la solución más probable de estos sucesos inexplicables. Mi fe en mi propia teoría permanece íntegra. Volví por la noche a la casa, con desconfianza, para recoger los objetos que había dejado allí y el cuerpo de mi pobre perro.

Nadie me turbó en mi tarea, y no se produjo ningún incidente notable, excepto al subir y bajar las escaleras, que oí otra vez el ruido de pasos.

Al salir de la casa, me dirigí a casa de míster J... Le devolví las llaves, le dije que mi curiosidad estaba ampliamente satisfecha y empecé a relatarle rápidamente lo que había sucedido; pero él me hizo callar y me dijo, muy cortésmente, que no encontraba ningún interés en un misterio que jamás había sido resuelto.

Me decidí finalmente a hablarle de las dos cartas que había leído, así como de la manera extraordinaria como habían desaparecido, y le pregunté si habían sido dirigidas a la mujer que había muerto en la casa, y si había en su historia alguna cosa que pudiera confirmar las sospechas que estas cartas podían suscitar. Míster J... pareció estremecerse, y después de haber reflexionado durante algunos minutos, respondió:

—Sé pocas cosas de la historia de esta mujer, salvo, como le he dicho ya, que su familia conocía a la mía. Pero usted reaviva algunas vagas sospechas que alimenté en otro tiempo contra ella. Voy a hacer una encuesta y le informaré del resultado. Y entre tanto, incluso aunque podamos admitir la creencia popular en el hecho de que una persona que ha sido durante su vida el autor o la víctima de un crimen puede volver después de su muerte al teatro de sus crímenes, haré observar que la casa ya estaba frecuentada por extrañas visiones y ruidos raros antes de que esta mujer muriese. ¿Sonríe usted? ¿Qué piensa?

—Digo que estoy convencido de que si vamos hasta el fondo del misterio, encontraremos alguna influencia humana en la base de todo esto.

—¿Cómo? ¿Cree usted en una impostura? ¿Por qué razón?

—No en una impostura en el sentido ordinario de la palabra. Si yo estuviera sumido en un profundo sueño del que no pudiera usted despertarme, y en este sueño pudiera responder a preguntas con una precisión de la que sería incapaz estando despierto podría decirle, por ejemplo, cuánto dinero tiene usted en los bolsillos, o escribirle sus propios pensamientos, no es necesariamente una impostura, pero tampoco un efecto sobrenatural. Yo podría estar, sin saberlo, sin estar presente en mí mismo, bajo una influencia mesmérica impuesta a distancia por una persona que hubiera adquirido sobre mí un poder cualquiera en un encuentro precedente.

—Pero si bien un hipnotizador puede afectar de este modo a una persona viva, ¿le cree usted capaz de influir objetos inanimados, de desplazar sillas, o de abrir puertas?

—¿O de impresionar a los sentidos con el fin de hacerle creer en tales efectos, si usted no ha estado nunca en relación con la persona en cuestión? No. Lo que comúnmente se llama mesmerismo, no podría lograrlo; pero puede existir un poder semejante, o hasta superior al mesmerismo, tal como el llamado antiguamente «magia». No llegaré a afirmar que un poder semejante pueda estar igualmente aplicado a los objetos materiales. Pero si fuera así, no sería contra la Naturaleza, sería, por el contrario, un raro poder que ésta otorga a ciertas constituciones particulares y cultivado por la práctica hasta llegar a un grado extraordinario. Que un poder semejante pueda obrar sobre un muerto, es decir, sobre ciertos pensamientos y recuerdos que el muerto pueda conservar, y obligar a que se haga aparente a nuestros sentidos, no lo que algunos llaman vulgarmente «el alma», lo cual está más allá del alcance humano, sino más bien algo como un fantasma de lo que ha sido en la tierra el soporte visible, esto es una teoría muy antigua, y un poco pasada de moda sobre la cual no aventuraría ninguna opinión. Pero no puedo admitir que este poder sea sobrenatural. Déjeme ilustrar lo que acabo de decir, con una experiencia de Paracelsus, descrita como fácil de hacer y que el autor de *Curiosities of Literature* cita como prueba: «Una flor se marchita. La quemáis. Allí dónde han ido los elementos de esta flor, cuando estaba viva, no lo sabéis; no podréis encontrarlos ni reunirlos. Pero podéis, por medio de la química, de las cenizas de esta flor, hacer surgir un espectro de ésta, con todas las apariencias de vida». Puede suceder así con los humanos. El alma ha escapado como la esencia o los elementos de la flor... Pero podéis resucitar un espectro. Y este fantasma, aunque la creencia popular lo tenga por el alma del difunto, no debe ser confundido con ella. No es más que una imagen del muerto. Lo que más nos sorprende en las más acreditadas historias de fantasmas, es la ausencia de lo que llamaremos «alma», es decir, de una inteligencia superior libre de toda traba. Estas apariciones salen generalmente de pequeños objetos o de la nada. Hablan raramente, y si esto sucede, expresan ideas que no son superiores a las de la mayoría de los mortales. Espiritistas americanos han publicado volúmenes de comunicaciones en prosa o en verso, que dicen y afirman haber sido hechas por los muertos más ilustres, Shakespeare o Bacon. Estas comunicaciones no son ciertamente de otro orden que las que habrían hecho personas de un cierto talento y de una cierta educación aún en vida; son, en todo caso, sorprendentemente inferiores a lo que Shakespeare, Bacon o Platón, escribieron, en vida. Y lo que es más notable todavía, no contienen ninguna idea que no existiera ya sobre la tierra. Por ello, si tales fenómenos, admitiendo que sean reales, pueden existir, veo que muchos de ellos la filosofía los puede poner en duda, pero ninguno que pueda negar, y en todo caso, ninguno que sea sobrenatural. Son únicamente ideas transmitidas de una manera o de otra —no hemos descubierto aún el medio— de un espíritu mortal a otro espíritu mortal. Igualmente, aunque el hecho de hacer bailar a las mesas, de hacer aparecer formas en un círculo mágico o manos sin cuerpos apoderándose de ciertos objetos, o una sombra como la que se me apareció a mí, hiele la sangre, estoy convencido de que todo está transmitido por agentes materiales tales como ondas eléctricas. En ciertos organismos existen causas químicas que pueden producir efectos seudomilagrosos de naturaleza química; en otros circula un fluido eléctrico, y estos últimos pueden dar nacimiento a fenómenos eléctricos. Estos fenómenos no difieren de la ciencia ordinaria más que en esto: que no tienen fin, ni objeto, son totalmente pueriles y fútiles. No conducen a ningún resultado práctico, y por esta razón, el mundo no los tiene en cuenta y los verdaderos sabios no los han cultivado. Pero estoy absolutamente seguro de que en el origen le todo lo que he visto u oído, se encuentra un hombre como yo; y estoy inconscientemente convencido de su existencia tan sólidamente como de sus efectos, por la razón siguiente: me ha dicho usted mismo que no ha habido dos personas que hayan observado los mismos fenómenos. ¡Pues bien! Observe igualmente que no existen dos personas que hayan tenido jamás el mismo sueño.

Si se tratara de una impostura corriente, la maquinación estaría construida para dar resultados apenas diferentes: si se tratara de un hecho de orden sobrenatural, emanando del Todopoderoso, se produciría igualmente con un objeto bien definido Estos fenómenos no pertenecen, pues, a ninguna de estas dos clases. Mi opinión es que proceden de un espíritu en este momento muy alejado, y que no tiene intenciones muy claras; que estos hechos son el resultado de pensamientos desviados, inestables, cambiantes y a medio formar; en una palabra, que pueden ser los sueños de este espíritu, puesto en acción, y hechos sustanciales sólo a medias; que este espíritu posee un inmenso poder, capaz de poner la materia en movimiento, que es malvado y destructivo. Creo en una fuerza material que ha matado a mi perro, y esta fuerza hubiera sido suficiente para matarme, si me hubiera dejado subyugar por el terror, como fue el caso de mi perro, si mi inteligencia y mi espíritu no me hubieran dado la fuerza de resistir por medio de la voluntad.

—¡Ha matado a su perro! Es aterrador. Efectivamente, es muy extraño que ningún animal haya podido resistir el permanecer en aquella casa; ni siquiera un gato. Además, no hay ratas ni ratones.

—El instinto de los animales les hace descubrir las influencias nefastas a su existencia. La razón humana es menos sutil, pero es más resistente. Ya basta. ¿Ha Comprendido usted mi teoría?

—Sí, aunque imperfectamente. Y acepto esta fantasía (y perdone el término), aunque llena de rarezas, más fácilmente que la noción de fantasmas y de espectros de la que estamos embebidos desde la infancia. Pero en cuanto a mi pobre casa, el mal sigue siendo, el mismo. ¿Qué podré hacer de ella?

—Voy a decirle lo que yo haría. Estoy íntimamente convencido de que la pequeña habitación sin amueblar, que se encuentra a la derecha de la puerta de la habitación que yo he ocupado, es el punto de partida, receptáculo de las influencias que encantan la casa y le aconsejo que desguarnezca las paredes, que cambie el suelo, e incluso que la destruya completamente. He observado que se aparta del cuerpo principal, que está construida por encima del patio, y que podría ser demolida sin causar perjuicio al resto de la mansión.

—Y piensa usted que haciendo esto...

—Tendrá que cortar los hilos del telégrafo. Pruébelo estoy convencido de que tengo razón, y quiero pagar la mitad de los gastos, si usted me permite que dirija los trabajos.

—No, puedo soportar los gastos. En cuanto a lo demás, permítame que le escriba.

Unos diez días más tarde, recibí una carta de míster J... diciéndome que había visitado la casa después de nuestra entrevista; que había encontrado las de cartas que yo había descrito y las había vuelto a guardar en el cajón de donde las había sacado; que las había leído con la misma desconfianza que yo y que había empezado una encuesta concerniente a la mujer a quien yo sugerí que las cartas, habían sido escritas. Parece ser que treinta y seis años antes, un año antes de la fecha de las cartas, la mujer se había casado en contra de la opinión de los suyos con un americano de un carácter muy especial; de hecho, siempre había sido considerado como un pirata. La mujer era la hija de unos comerciantes dignos, y había ocupado el cargo de directora en un parvulario, antes de su matrimonio.

Tenía un hermano rico, según decían, padre de un niño de seis años. Un mes después de la boda, el cuerpo de este hermano había sido encontrado en el Támesis cerca del puente de Londres, llevaba en el cuello señales de violencia, pero los indicios no eran suficiente para clausurar la encuesta de otro modo que con esta palabras. «Encontrado ahogado». El americano y la mujer tomaron al niño a su cargo, pues el hermano difunto había manifestado en vida la voluntad de que su hermana se ocupara de él, y si a él le sucedía algo la instituía como heredera. El niño murió seis meses después; se supone que fue por causa de negligencia y de malos tratos. Los vecinos atestiguaron haber oído gritos durante la noche. El cirujano que le examino después de su muerte, dijo que estaba subalimentado y que su cuerpo estaba cubierto de señales lívidas: Parece ser que durante una noche de invierno, había tratado de escaparse, había saltado al patio, y tras intentar escalar el muro, había sido encontrado por la mañana, muerto sobre las piedras. Pero aunque hubo evidencia de crueldad, no había prueba alguna de asesinato, y la tía y su marido pudieron excusarse, alegando la excesiva insubordinación y la perversidad del niño, al que otros tachaban de pobre de espíritu. Sin embargo, tal como debía suceder a la muerte del huérfano, la tía heredó la fortuna de su hermano.

Antes de que hubiera terminado el primer año de matrimonio, el americano abandonó Inglaterra y no apareció más por aquí. Consiguió pasaje en un barco que se hundió con cuerpos y bienes en el Atlántico dos años más tarde. La viuda vivía en la opulencia. Pero algunos reveses de fortuna se abatieron sobre ella. Un banco quebró, fue perdida una inversión, emprendió un pequeño comercio y fue reconocida como insolvente; fue bajando cada vez más, desde gobernante hasta criada para todo, no pudiendo conservar ningún empleo, aunque jamás tuvieron que achacarle nada decisivo. Estaba considerada como una mujer sobria, honesta y particularmente tranquila en sus costumbres; y no obstante, todo le salía mal; de este modo, había acabado por caer en la «casa de trabajo» de donde míster J... la había sacado para emplearla en la misma casa donde había reinado como dueña durante el primer año de su matrimonio.

Míster J... añadía que él había pasado una hora solo en la habitación vacía que yo le había aconsejado que derribara, y que su impresión de angustia había sido tal, aunque no hubiera oído ni visto nada, que se había decidido a desguarnecer las paredes y a cambiar el recubrimiento del suelo, tal como yo le había aconsejado. Había contratado personal para este efecto, e iban a empezar el día que yo tuviera a bien indicarle. El día fue fijado. Me dirigí a la casa encantada; entramos en la lúgubre habitacioncita, levantamos el plinto y luego el recubrimiento del suelo. Bajo las vigas encontramos, cubierta de basura, una trampa apenas lo bastante ancha para permitir el paso de un hombre.

Estaba cerrada con candados y remaches. Al abrirla, descubrimos una pequeña habitación, de cuya existencia jamás se había sospechado. En aquella habitación había una ventana y una chimenea, pero, con toda evidencia, habían sido tapiadas las dos, muchos años antes. Con la ayuda de velas, examinamos el lugar. Contenía únicamente algunos muebles carcomidos, tres sillas, un banco de encina, una mesa, todo del estilo de hace ochenta años. Había una cómoda junto a la pare donde encontramos, medio podridos, los objetos de vestir como los usaban, hace un siglo, los caballeros de algún rango; hebillas de acero y botones como llevan aún ahora en las levitas, una elegante espada y en un traje que en otro tiempo había estado adornado con encajes de oro, pero que actualmente estaba negrecido y sucio por la humedad, encontramos nueve guineas, algunas monedas de plata y una ficha de marfil probablemente para una recepción de hacía mucho tiempo. Pero nuestro principal descubrimiento fue una especie de caja fuerte de hierro, fija a la pared, que nos costó mucho trabajo abrir.

En aquel cofre encontramos tres departamentos, dos pequeños cajones. Alineadas sobre las tablas, había unas botellitas de cristal herméticamente cerradas. Contenían esencias volátiles incoloras, sobre las cuales diré únicamente que no eran venenos; el fósforo y el amoniaco entraban en la composición de algunas de ellas. Encontramos también unos curiosos tubos de cristal, una pequeña barrita de hierro, con una pesada maza de cristal de roca y otra de ámbar, así como un poderoso imán.

En uno de los cajones encontramos una miniatura en oro, cuyos colores tenían una frescura notable aún a costa del tiempo que hacía que se hallaba allí. El retrato era el de un hombre de edad madura, de unos cuarenta y siete o cuarenta y ocho años Era un rostro sorprendente, de los más impresionantes. Si pueden ustedes imaginar alguna enorme serpiente transformada en hombre y conservando, bajo los rasgos humanos, el carácter de la serpiente, tendrán una imagen mejor de la que podría ofrecerles una descripción. Estos eran los rasgos: amplitud y llaneza de la frente, elegancia puntiaguda de los contornos, suavizando la fuerza de una mandíbula implacable, la mirada alargada, grande terrible, con destellos verdosos como la esmeralda, una especie de tranquilidad imperturbable, como nacida de la conciencia de un inmenso poder.

Maquinalmente, di vuelta a la miniatura para examinar el reverso, y en la cara posterior observé un pentágono grabado. En medio de éste una escalera cuyo tercer peldaño estaba formado por la fecha de 1765.

Al mirar desde más cerca, encontré un resorte; apretando éste, se abría la parte posterior de la miniatura como una tapadera. En el lado interior de la tapadera, estaba grabado: «A ti, Mariana, sé fiel en la vida y en la muerte a...»

Aquí seguía un nombre que no mencionaré, pues me resultaba algo conocido. Lo había oído mencionar a los viejos en mi juventud como perteneciente a un charlatán famoso que había causado sensación en Londres durante un año, y había huido del país bajo acusación de doble asesinato, perpetrado en su propia casa, de su amante y su rival. No dije nada de ello a míster J..., a quien entregué la miniatura.

Habíamos abierto sin dificultad el primer cajón del cofre, pero nos costó mucho trabajo abrir el segundo: no estaba cerrado con llave, pero resistió a todos los esfuerzos, hasta que insertamos en la hendidura la hoja de un cuchillo. Cuando lo abrimos, encontramos en su interior un singular aparato de los más perfectos en su género.

Sobre un librito delgado, una plaqueta más bien, se encontraba un platillo de cristal lleno de un líquido claro sobre el que flotaba una especie de brújula cuya aguja giraba rápidamente. Pero en lugar de los signos ordinarios de la brújula, se podían leer siete extraños caracteres, bastante semejantes a los que utilizan los astrólogos para designar a los planetas, Un olor particular, ni fuerte ni desagradable, salía de aquel cajón recubierto de una madera que enseguida identificamos como nogal.

Cualquiera que fuera la causa de aquel olor, producía un extraño efecto sobre los nervios. Experimentamos los dos, así como los dos obreros que se encontraban en la habitación, una sensación de dolor agudo que iba del extremo de los dedos hasta la raíz de los cabellos. Impaciente por examinar la plaqueta, cogí el platillo. Al hacer esto, la aguja de la brújula se puso a girar a una velocidad excesiva y sentí un golpe que se extendió por todo el cuerpo, tan fuerte, que dejé caer el platillo al suelo. El líquido se derramó, el platillo se rompió, la brújula rodó hasta el extremo de la habitación y en el mismo instante, las paredes temblaron como si un gigante las hubiera sacudido.

Los dos obreros se quedaron tan asustados, que se lanzaron a la escalera por la que habían bajado a la habitación.

Entre tanto, ya había abierto la plaqueta. Estaba encuadernada con cuero y cierre de plata. Contenía una única hoja de pergamino, y en aquella hoja estaba escrito en el interior de un doble pentágono, en viejo latín monástico, una frase que se puede traducir literalmente por estas palabras: «Sobre todo objeto palpable que se encuentre en esta casa, animado o inanimado, vivo o muerto, como se mueven las agujas, así actúa mi voluntad. Maldita sea la casa y que sus habitantes sean atormentados para siempre».

No encontramos nada más. Míster J... quemó la plaqueta y su anatema. Arrasó hasta los cimientos la parte del edificio que ocultaba la habitación secreta, y la que se encontraba encima de ella. Tuvo entonces el valor de vivir él mismo en la casa durante un mes, y no pudo encontrarse en todo Londres una casa más tranquila y más confortable.

En consecuencia, la alquiló, y su inquilino no se quejó jamás.

Printed in Great Britain
by Amazon